Die Legende vom Changeling

KAPITEL 5
DIE ASRAINACHT

SZENARIO
PIERRE DUBOIS

ZEICHNUNGEN
XAVIER FOURQUEMIN

KOLORIERUNG
SCARLETT SMULKOWSKI

Aus dem Französischen von Martin Surmann.
Herausgeber: Mirko Piredda
Lektorat: Martin Surmann
Lettering: Mirko Piredda

Titellayout: Mirko Piredda
Druck: Holga Wende, Berlin

LA LEGENDE DU CHANGELING – LA NUIT ASRAÏ
© Le Lombard (Dargaud-Lombard s.a.) 2012, by Fourquemin & Dubois
Für die deutschsprachige Ausgabe:
© 2012 Piredda Verlag
Lepsiusstr. 61, 12163 Berlin (Germany)
Telefon: +49 (0)30 41 99 91 95
Fax: +49 (0)30 41 99 92 00
E-Mail: info@piredda-verlag.de

www.piredda-verlag.de

ISBN 978-3-941279-31-5

Mit freundlicher Unterstützung von:

www.ppm-vertrieb.de

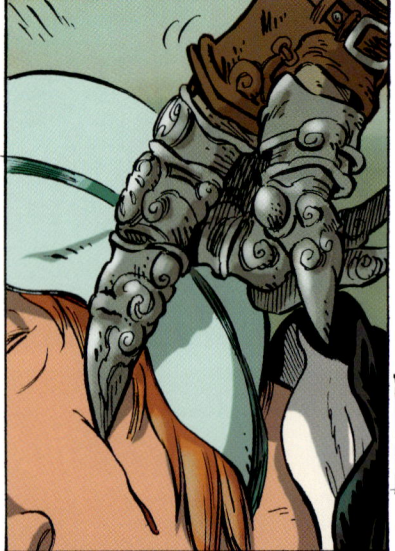

*SIEHE BAND 1. **SIEHE BAND 2. ***SIEHE BAND 4.

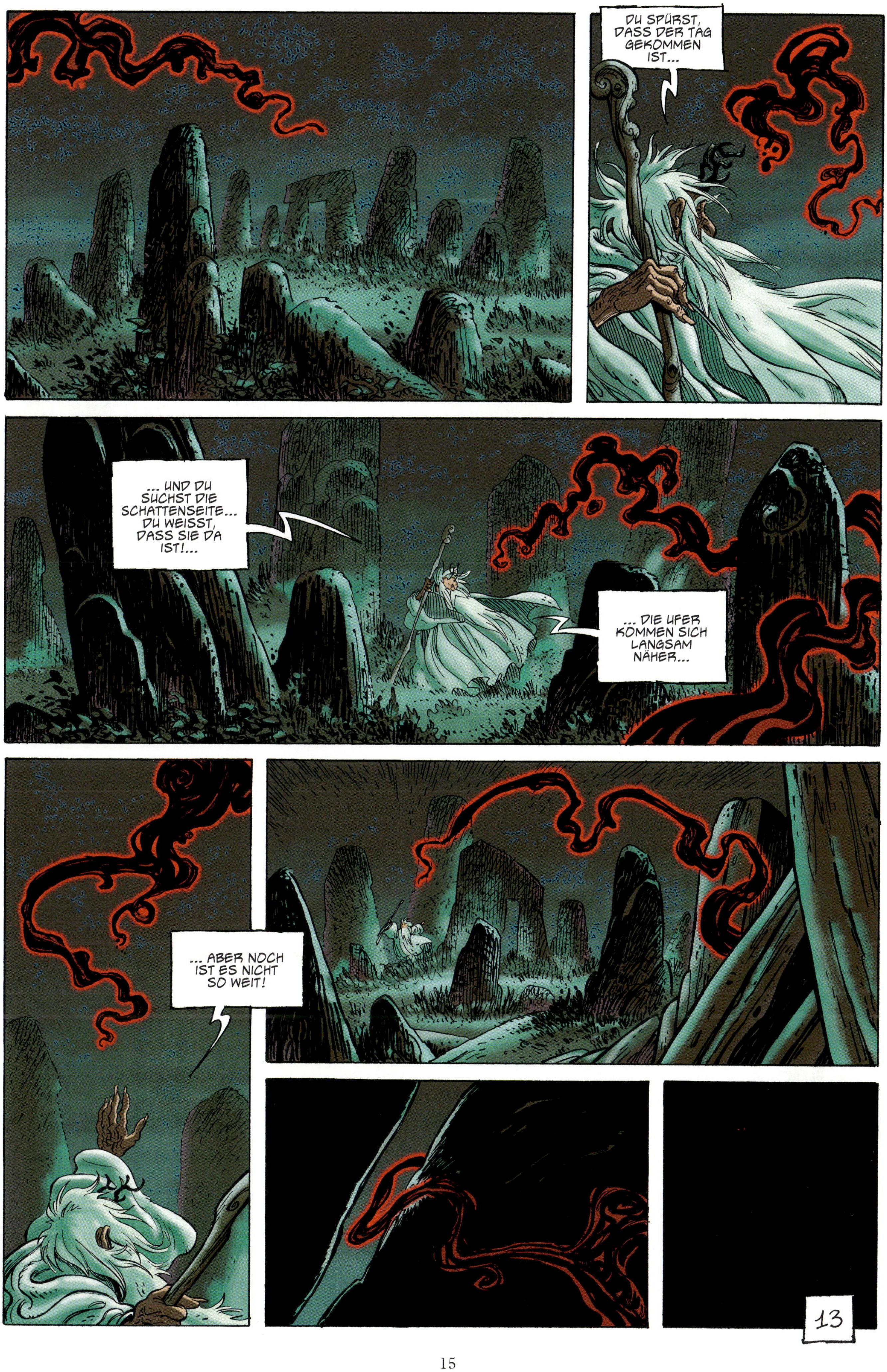

*Aleister Crowley (1875-1947): Englischer Okkultist.

DAS GRAS RIECHT GUT... MAN FÜHLT SICH FAST WIE ZU HAUSE!

?

*SIEHE BAND 1.

*Slawische Märchenfigur, die in einer Hütte auf Hühnerbeinen lebt.

EIN LICHT... WOHNT DA JEMAND?...

HIERHER, SCRUBBY!

KNOCKER!

?!

WAS MACHST DU DENN HIER?... DAS HÄTTE ICH NICHT GEDACHT!

ICH BIN GEKOMMEN, UM DICH ABZUHOLEN.

DIE GEGEND HIER IST NICHT WIRKLICH GEFÄHRLICH, ABER FÜR EIN GREENHORN...

WIE BITTE? EIN GREENHORN?
HI, HI... FOLGE MIR... DU WIRST ERWARTET!
SEI WILL-KOMMEN, SCRUBBY!
?
34

NO MORE!...
SHEILA!...
ROB!...
WAS MACHT IHR HIER?
WIR HABEN AUF DICH GEWARTET!
WO SIND WIR?...
ICH HABE DEN EINDRUCK, DASS ICH AN EINEM ÄHNLICHEN ORT SCHON MAL GEWESEN BIN.
DAS BEDEUTET, DASS DEINE ERINNERUNG ZURÜCKKOMMT, SCRUBBY.
... DAS GEDÄCHTNIS, DAS DU VON DEINEN VORFAHREN GEERBT HAST. DEIN BRUDER HAT DIR BEREITS ALLES ÜBER DEINE HERKUNFT ERZÄHLT... DU HAST DIE SCHWELLE ERREICHT UND MUSST DEINEM SCHICKSAL JETZT ENTGEGENTRETEN.
... MIT ANDEREN WORTEN: DEM HERRN DES CHAOS DIE STIRN BIETEN!
... DEM "BÖSEN", DEM "FEIND". DU MUSST DICH DARAUF VORBEREITEN, DENN DU BIST DER EINZIGE, DER IHN BESIEGEN KANN. UND DAFÜR BRAUCHST DU EINE WAFFE...
... DIE ICH DIR SCHMIEDEN WERDE!
ZU DIESEM ZWECK BENÖTIGEN WIR DEINEN TALISMAN!
35

DAS IST EIN SPLITTER VON EINEM STERN!

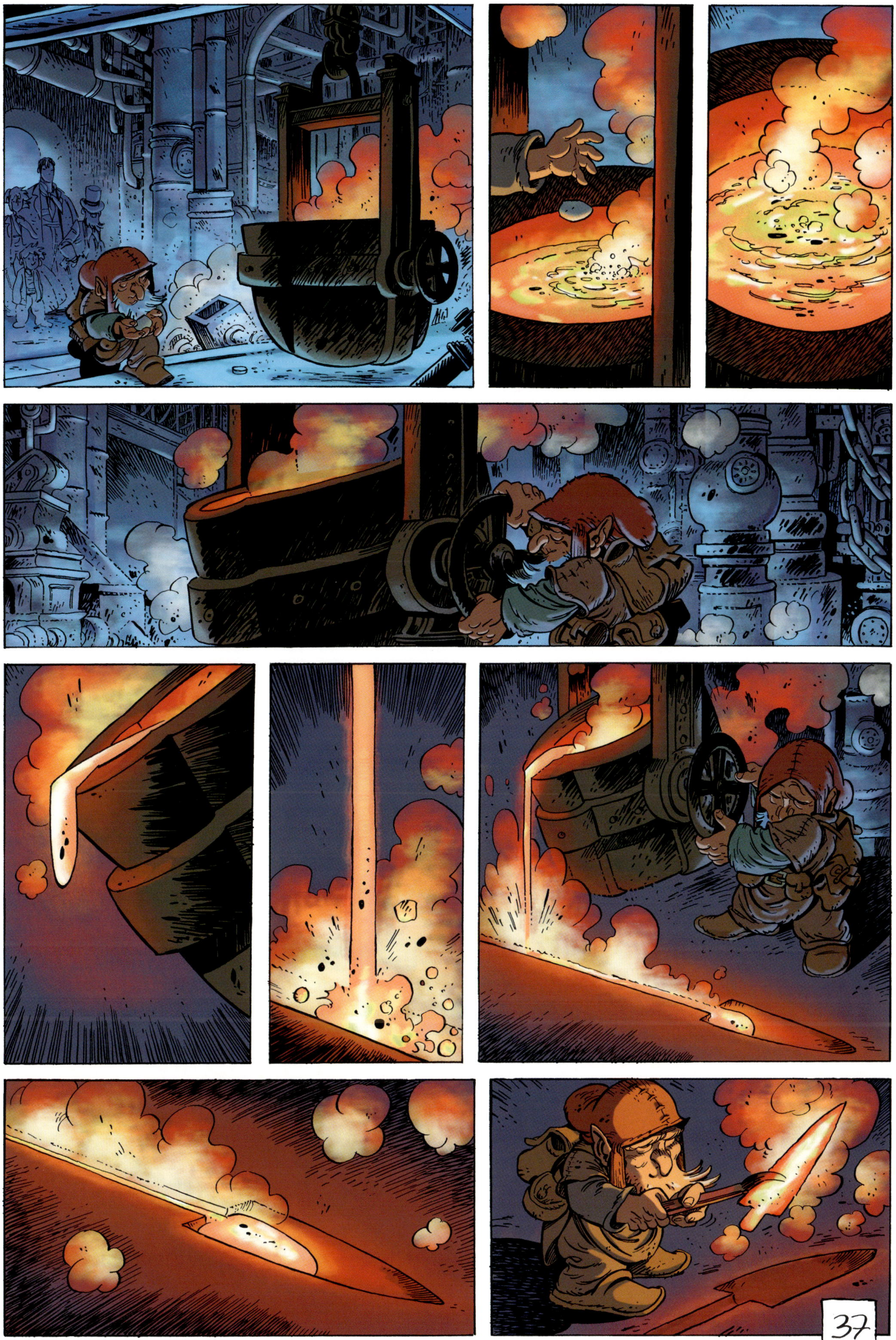
37

SETZ DEN BLASEBALG IN GANG, ROB!

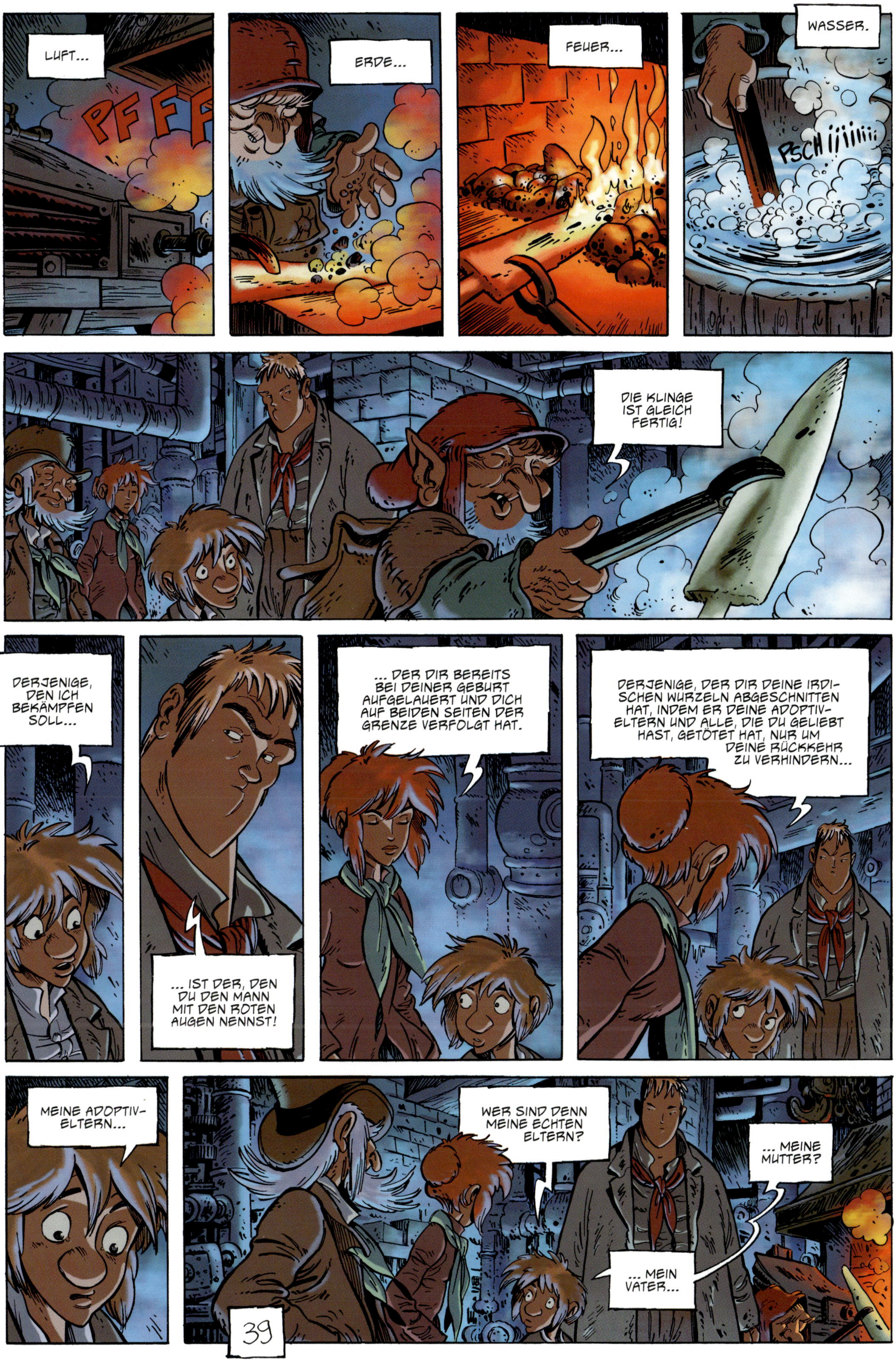
LUFT...
PFFF
ERDE...
FEUER...
WASSER.
PSCH
DIE KLINGE IST GLEICH FERTIG!
DERJENIGE, DEN ICH BEKÄMPFEN SOLL...
... IST DER, DEN DU DEN MANN MIT DEN ROTEN AUGEN NENNST!
... DER DIR BEREITS BEI DEINER GEBURT AUFGELAUERT UND DICH AUF BEIDEN SEITEN DER GRENZE VERFOLGT HAT.
DERJENIGE, DER DIR DEINE IRDISCHEN WURZELN ABGESCHNITTEN HAT, INDEM ER DEINE ADOPTIVELTERN UND ALLE, DIE DU GELIEBT HAST, GETÖTET HAT, NUR UM DEINE RÜCKKEHR ZU VERHINDERN...
MEINE ADOPTIVELTERN...
WER SIND DENN MEINE ECHTEN ELTERN?
... MEINE MUTTER?
... MEIN VATER...
39

EINE NAJADE* UND EIN ELF...

... EINE WASSERJUNGFER UND EIN PIXIE**...

... EINE SANFTE BEWEGUNG DER ZWEIGE...

... EIN VOGELGESANG AUS DEM MUND EINES TROLLS...

... DAS LACHEN VON TITANIA*** UND DIE SEHNSUCHT VON JACK IN THE GREEN...

... ODER DIE TRÄUME VON PAN UND EINER MAIKÖNIGIN...

... DU WURDEST VOM GEIST EINER ASRAINACHT GEBOREN...

... EIN KIND DER MAGIE...

... DAS HIER BRAUCHST DU, WEIL DER SCHATTEN DICH BESEITIGEN WILL...

... WEIL SONST DIE FINSTERNIS REGIERT UND UNSERE ZAUBERKRÄFTE FÜR IMMER VERSCHWINDEN...

... NIMM DIESES SCHWERT, SCRUBBY...

GOD SPEED YE!

... ES WIRD DICH LEITEN UND BESCHÜTZEN!

*QUELLNYMPHE. **KOBOLD (ENGL. MYTHOLOGIE). ***ELFENKÖNIGIN.

LONDON. DESSEN ALTE WURZELN REICHEN WEIT IN DEN SCHLAMM UND DIE SCHICHTEN UNTER DEM MOOR UND DEN HÜGELN... ALS DIE GEISTER DES ORTES IHR DASEIN NUR IN DEN TRÄUMEN FRISTETEN...

VATER...

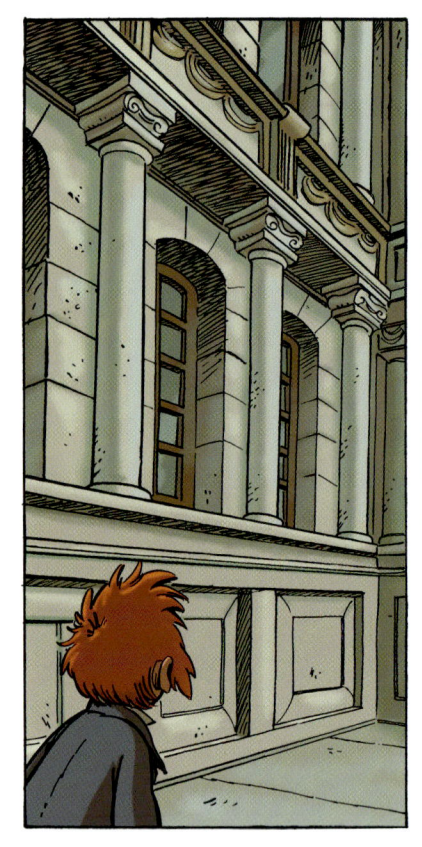

DU FEHLST MIR, LAURA...

ABER WELLEN HABEN KEINE GRENZEN...

... UND DIE FLÜSSE VEREINEN SICH BEREITS.

MAMA... IRDISCHE MUTTER...

... SELBST WENN ICH ANDERSWO GEBOREN BIN... DIE WASSERNIXEN HABEN DICH ZU MIR ZURÜCKGEBRACHT...

... FÜR IMMER!

DER ALTE VOM WISTMAN'S WOOD HAT GESAGT: "DIE STADT IST EINE INSEL, DIE AUS ERDE, STEINEN UND HOLZ BESTEHT..."
"... DIE NATUR IST LEBENDIG, VERGISS DAS NIE. SPÜRE IHREN HERZ-SCHLAG..."
"... UND WO IMMER DU AUCH BIST, SIE WIRD DIR ANTWOR-TEN."
DEINE ZEIT HIER GEHT ZU ENDE, SCRUBBY...
... DU HAST DIE PRÜ-FUNGEN BE-STANDEN...
... NUN MUSST DU ZURÜCK ZU DEN DEINIGEN GEHEN...
44

ALSO GUT, FREUNDE, ICH GLAUBE, JETZT IST DER MOMENT, UM SICH ZU VERABSCHIEDEN.
KOMMST DU NICHT MIT UNS?
MEIN PLATZ IST HIER, SCRUBBY.
... ICH MUSS DOCH AUF UNSERE INSEL AUFPASSEN... ABER ICH WERDE IMMER IN DEINER NÄHE SEIN!
FAHRT JETZT... UND SEID VORSICHTIG!
TSCHÜS! UND TREIB DICH NICHT ZU OFT IM PUB HERUM!
AUF WIEDERSEHEN, NO MORE!
AUF WIEDERSEHEN, ALLE ZUSAMMEN... AUF DASS DIE ASRAINACHT SICH ERFÜLLE!
AUF WIEDERSEHEN...
PASS GUT AUF DICH AUF, SCRUBBY.
45

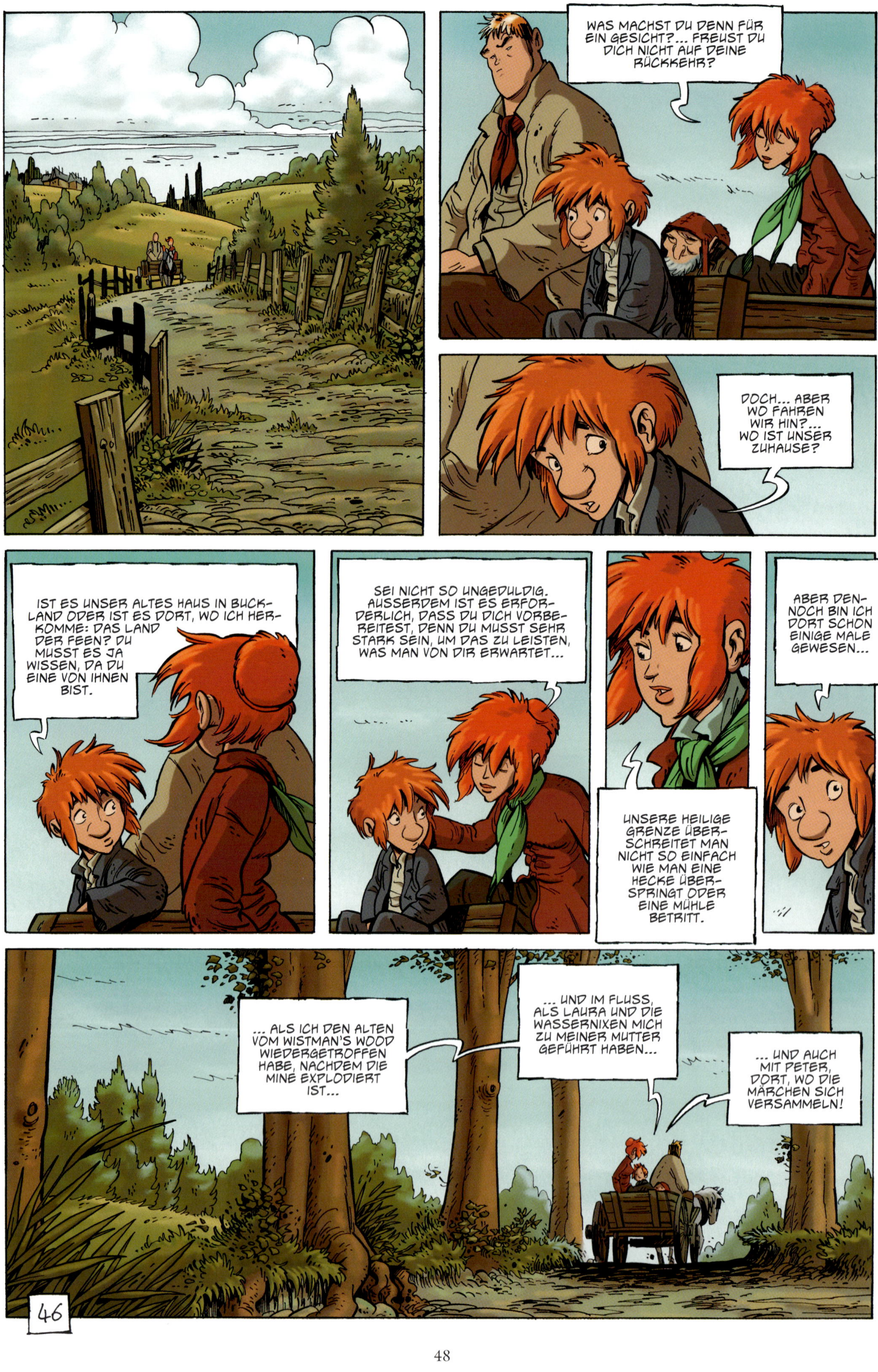
WAS MACHST DU DENN FÜR EIN GESICHT?... FREUST DU DICH NICHT AUF DEINE RÜCKKEHR?
DOCH... ABER WO FAHREN WIR HIN?... WO IST UNSER ZUHAUSE?
IST ES UNSER ALTES HAUS IN BUCKLAND ODER IST ES DORT, WO ICH HERKOMME: DAS LAND DER FEEN? DU MUSST ES JA WISSEN, DA DU EINE VON IHNEN BIST.
SEI NICHT SO UNGEDULDIG. AUSSERDEM IST ES ERFORDERLICH, DASS DU DICH VORBEREITEST, DENN DU MUSST SEHR STARK SEIN, UM DAS ZU LEISTEN, WAS MAN VON DIR ERWARTET...
UNSERE HEILIGE GRENZE ÜBERSCHREITET MAN NICHT SO EINFACH WIE MAN EINE HECKE ÜBERSPRINGT ODER EINE MÜHLE BETRITT.
ABER DENNOCH BIN ICH DORT SCHON EINIGE MALE GEWESEN...
... ALS ICH DEN ALTEN VOM WISTMAN'S WOOD WIEDERGETROFFEN HABE, NACHDEM DIE MINE EXPLODIERT IST...
... UND IM FLUSS, ALS LAURA UND DIE WASSERNIXEN MICH ZU MEINER MUTTER GEFÜHRT HABEN...
... UND AUCH MIT PETER, DORT, WO DIE MÄRCHEN SICH VERSAMMELN!
46

DAS KOMMT DAHER, DASS DIE TORE SICH GEÖFFNET HABEN, UM DICH IN EMPFANG ZU NEHMEN, DOCH ES WAREN NUR GANZ SCHMALE KORRIDORE...
DU WARST NOCH NICHT BEREIT DAZU, UM HINDURCHZUGEHEN. DAS DURCHSCHREITEN DES TORES IST EINE ECHTE BEWÄHRUNGSPROBE.
DIE ASRAINACHT STEHT BALD BEVOR.
DAS MOOR!
JETZT IST ES NICHT MEHR WEIT BIS ZUM WISTMAN'S WOOD!
47

HIER WERDEN WIR UNS EINQUARTIEREN!

ICH STAUNE, WAS HIER SO ALLES WÄCHST.

WO SIND WIR?

BEI ALL DENJENIGEN, DIE AUF REISEN SIND... UND AUCH BEI DENJENIGEN, DIE EINE UNTERKUNFT SUCHEN...

FAST WIE DAS HAUS VON MAMA UND PAPA.

WIE LANGE BLEIBEN WIR HIER?

BIS ZUR ASRAINACHT!

48

49

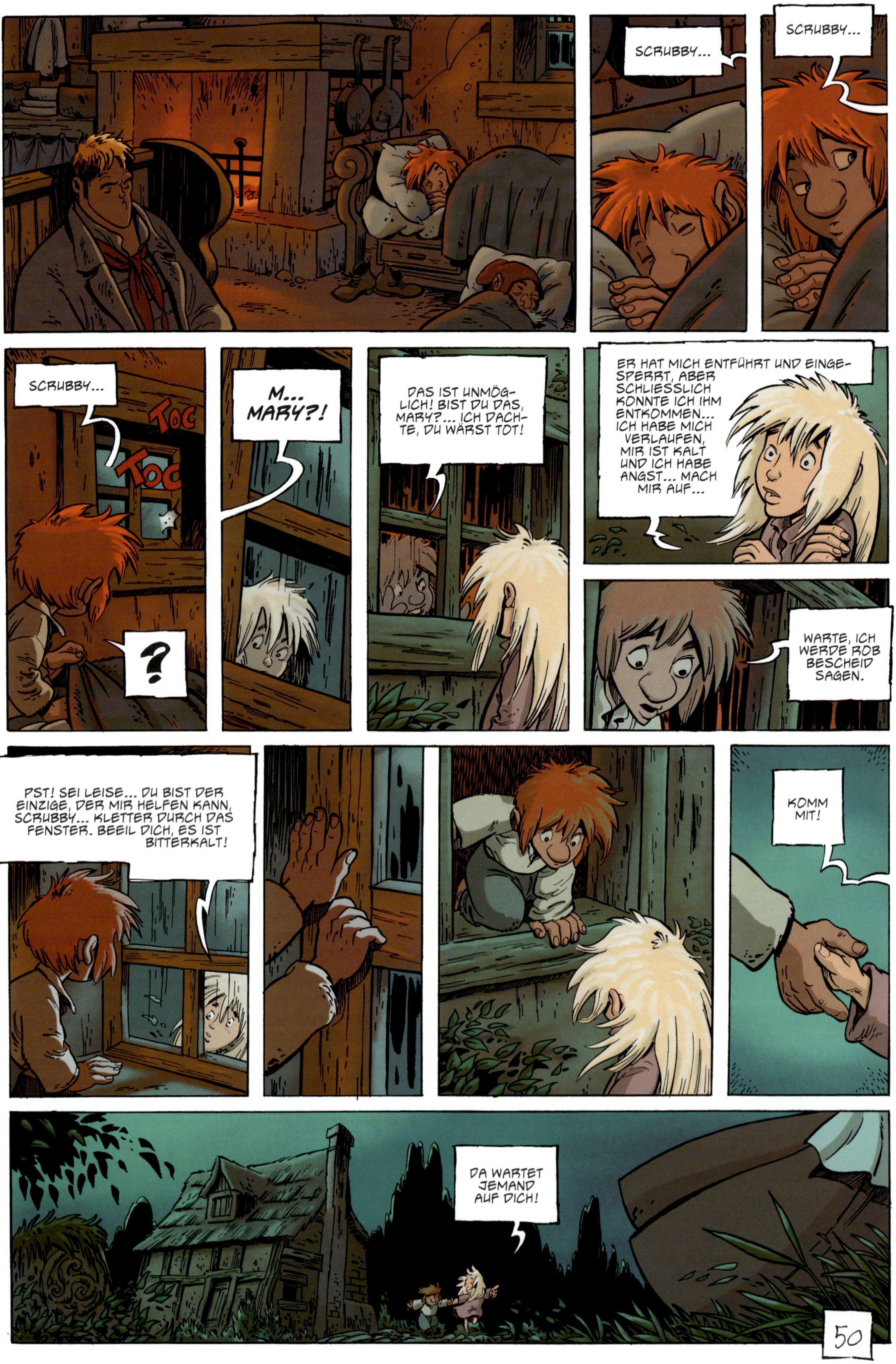
SCRUBBY...
SCRUBBY...
SCRUBBY...
TOC
TOC
?
M... MARY?!
DAS IST UNMÖGLICH! BIST DU DAS, MARY?... ICH DACHTE, DU WÄRST TOT!
ER HAT MICH ENTFÜHRT UND EINGESPERRT, ABER SCHLIESSLICH KONNTE ICH IHM ENTKOMMEN... ICH HABE MICH VERLAUFEN, MIR IST KALT UND ICH HABE ANGST... MACH MIR AUF...
WARTE, ICH WERDE ROB BESCHEID SAGEN.
PST! SEI LEISE... DU BIST DER EINZIGE, DER MIR HELFEN KANN, SCRUBBY... KLETTER DURCH DAS FENSTER. BEEIL DICH, ES IST BITTERKALT!
KOMM MIT!
DA WARTET JEMAND AUF DICH!
50

W... WER IST DAS?
LAURA! BIST DU DAS WIRK-LICH?
OH, SCRUBBY! DU HAST MIR SO SEHR GEFEHLT!
KOMM HER... LASS DICH IN DIE ARME NEHMEN!
KOMM!
D... DU BIST NICHT LAURA!
TOC
HIERHER, SCRUBBY! SCHNELL!
RRA
51

SCRUBBY!

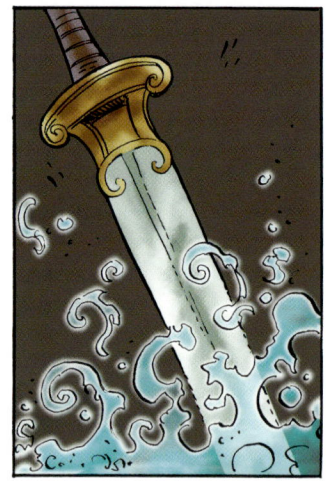

TUT MIR LEID, ROB. ES WAR MEINE SCHULD. ICH HÄTTE NICHT ÖFFNEN SOLLEN.

ER STECKT VOLLER HEIMTÜCKE DER ÜBELSTEN ART. ER IST IN DER LAGE, IN DEINE SEELE ZU SCHAUEN, UND ER WEISS, WIE ER DICH VERLETZEN KANN... ABER DU WARST SEHR TAPFER UND HAST DICH GUT GESCHLAGEN!

WERDET IHR MIR BEIBRINGEN, WIE ICH MIT DIESER WAFFE UMGEHEN SOLL?

DAS IST NICHT NÖTIG. DIESES SCHWERT IST UNBESIEGBAR. ES IST EIN MAGISCHES SCHWERT UND DIENT NUR SEINEM HERRN UND MEISTER!

DIE SIEBEN PFLANZEN WAREN NICHT GENUG...

DER HIMMEL IST WIEDER KLAR. DAS BÖSE HAT SICH VERZOGEN!

52

IST ES, WEIL DIE VON DEN BÄUMEN DER UMGEBUNG KAUM WAHRNEHMBAR GEFÜHRTEN GRENZEN...

... UND IHRE UNSICHTBAREN SCHLEIER HIER UND DA AUF- REISSEN?

... SICH DEHNEN UND GEGENSEITIG ANZIEHEN...

ODER IST ES, WEIL SCRUBBY SICH DEN LANDSCHAFTEN EINES IN SEINEM GEDÄCHTNIS VERANKERTEN REICHES NÄHERT, DAS ER KLAR VOR SEINEN AUGEN SIEHT...

... UND DIESE SCHEINBAREN LUFTSPIEGELUNGEN DURCHQUERT?

SIE WISSEN ES BEREITS. WEIL SIE DAS ASRAIKIND ERKANNT HABEN.

SIE VERSTECKEN SICH NICHT MEHR VOR IHM.

UND SCRUBBY WEISS: ER IST AUF DEM HEIDELAND NICHT ALLEIN.

53

SCRUBBY WEISS, DASS ER DIE SEINIGEN BALD WIEDERTREFFEN WIRD.

DA BIST DU JA ENDLICH!...

UND DU TRÄGST DAS SCHWERT... SEI WILLKOMMEN, SOHN.

BIST DU BEREIT?

ICH BIN BEREIT, ABER ICH WEISS NICHT WOZU. ICH WEISS NICHT, WAS MAN VON MIR ERWARTET.

... AUSSER DASS ICH IN DER BALDIGEN ASRAINACHT GEGEN EIN MONSTER KÄMPFEN SOLL, DAS MEINE ADOPTIVELTERN GETÖTET HAT... MEHR HAT MIR MEIN BRUDER AUCH NICHT ERZÄHLT!

DEIN STERBLICHER BRUDER...

DU WIRST IHN ERLÖSEN MÜSSEN!

IHN ERLÖSEN?

IHN DEN KLAUEN DES ANDEREN ENTREISSEN, BEVOR DIE TORE SICH SCHLIESSEN UND DIE HORIZONTE SICH ABERMALS TRENNEN!... FOLGE MIR!

UNSER VOLK ZÄHLT WEDER JAHRE NOCH RECHNET ES IN JAHRESZEITEN...
... GLEICHWOHL WERDEN EINIGE HEILIGE EREIGNISSE GEFEIERT, DIE WIE INSELN AUS DEN WELLEN AUFTAUCHEN UND DANN ENTSCHWINDEN.
ES BRAUCHT DREI NÄCHTE IN EINER, DEN SCHEIN VON VIER MONDEN ÜBER DEM SPIEGELGLATTEN WASSER UND DEN GESANG DER NACHTIGALL, DAMIT DIE ASRAINACHT DIE GRENZEN AUFLÖST...
... UND DIE TORE ZU DEN VIER REICHEN SICH EINES NACH DEM ANDEREN ÖFFNEN...
... ZUM LICHT, ZUM SCHATTEN, ZUM DIESSEITS HIER AUF ERDEN UND ZU DEMJENIGEN, DAS DU DORT DRÜBEN ERAHNST...
... UND ZU DEM DU BALD GEHEN WIRST!
AN DIESEM ORT SIND DIE GEHEIMNISSE DES TRIBUTS LEBENDIG, DOCH SIE ENTHÜLLEN SICH NICHT.
... WISSE, DASS IN DER KOMMENDEN ASRAINACHT, DER HEILIGSTEN ALLER BISHERIGEN ASRAINÄCHTE, "DERJENIGE DER DIE FINSTERNIS BRINGT" AUSNUTZEN WIRD, DASS ALLE TORE SICH ZUR SELBEN ZEIT ÖFFNEN, UM IN ALLE VIER REICHE EINZUDRINGEN UND DORT DAS CHAOS ZU VERBREITEN!
DAS KANN ER?
DAS HÄNGT VON DIR AB!
DENN DU BIST AUS SO EINER NACHT HERVORGEGANGEN UND NUN IST DER MOMENT GEKOMMEN, DASS DU ZURÜCKKEHRST. DU BIST DER EINZIGE, DER SICH IHM WIDERSETZEN KANN, DOCH ER WEISS, DASS DU DAS ASRAIKIND BIST... UND WELCHE GEFAHR DU FÜR IHN DARSTELLST...
... DESWEGEN WOLLTE SHEILA NAGIG DICH SCHÜTZEN, INDEM SIE DICH BEI DEN STERBLICHEN VERSTECKTE... AUCH WEIL ER NICHT AUFGEHÖRT HAT, NACH DIR ZU SUCHEN, UM DICH UNGEACHTET DEINER HÜTER ZU TÖTEN.
ROB, NO MORE, KNOCKER UND SHEILA!
55

ABER JETZT WEISS ER, DASS DU KOMMEN WIRST, UND ER WARTET AUF DICH. UND DIESES MAL WIRST DU ALLEIN SEIN... AUGE IN AUGE MIT IHM UND SEINEN DÄMONEN!
VERTRAUE DEINEM MUT EBENSO WIE DEINEM BRUDER... UND BÄNDIGE DEINE FURCHT, FALLS ER SEIN ANTLITZ VERÄNDERN SOLLTE. DAS SIND NUR SINNESTÄUSCHUNGEN UND ZAUBEREIEN!
DU MUSST DICH NUR AUF DICH SELBST UND DEIN SCHWERT VERLASSEN, DESSEN KLINGE AUF DEINE GEDANKEN UND DEINEN ARM REAGIEREN WIRD.
DER ABEND IST ANGEBROCHEN. ES WIRD ZEIT!
SEI TAPFER. DAS SCHICKSAL DER UFER UND DAS ÜBERLEBEN DER GLÜCKLICHEN LANDSCHAFTEN LIEGT IN DEINEN HÄNDEN.
GEH IN RICHTUNG DIESES WEISSDORNS...
ABER ZUVOR HÖR MIR GUT ZU...
"UNTER DEM WEISSDORN WIRST DU EINEN DURCHGANG FINDEN..."
"... DENN DAS TOR IST IM INNERN!"
56

"DORT STEHT AUCH EIN DUNKLER FELSBLOCK."

"GEH BIS ZU EINEM PORTALVORBAU, DER VON ZWEI STEINERNEN GREIFEN BEWACHT WIRD."

"STELL DICH DRAUF UND WARTE..."

"WARTE UND BEOBACHTE DEN HIMMEL. DORT WIRST DU VIER MONDE ERSCHEINEN SEHEN, DIE SICH AUFEINANDER ZU BEWEGEN..."

"... BIS SIE SICH VEREINEN."

"DANN WERDEN HÖRNER ERKLINGEN..."

"... UND DIE TORE WERDEN SICH WEIT ÖFFNEN."

TTOOO TTOOO OTTO

"DURCH DIESE WEIT GEÖFFNETE PASSAGE WERDEN UNZÄHLIGE GEFOLGSLEUTE DES LICHTS HINDURCHSTRÖMEN... AUCH DIE ERHABENE REITERGESELLSCHAFT..."

"ALLEN VORAN DIE FEENKÖNIGIN, DEREN SCHÖNHEIT UNVERGLEICH-LICH IST..."

"... UMRAHMT VON IHREN HEROLDEN, DENEN DER HOFSTAAT FOLGT..."

"... DANACH KOMMEN DIE ELFENREITER, DIE SITHS UND DIE BOGENSCHÜTZEN. DU ABER BEWEGST DICH NICHT."

"SIE WERDEN DICH NICHT SEHEN, DENN IHRE BLICKE SIND NACH VORN GERICHTET."

"DU HÄLTST DICH BEREIT..."

"... SO LANGE BIS IM GELEITZUG DIE STANDARTE DES EINHORNS AUFTAUCHT."

"DU WIRST ZWEI GEPANZERTE REITER KOMMEN SEHEN, MIT DEINEM BRUDER IN DER MITTE. ER IST NACKT, SEINE HÄNDE SIND GEFESSELT UND ER SITZT AUF EINEM SCHWARZEN PFERD."

"DU LÄSST SIE HERANKOMMEN UND WENN SIE DIREKT VOR DIR SIND..."

"... SPRINGST DU HINTEN AUF DAS PFERD DEINES BRUDERS."

"DU SCHAFFST DIR DIE BEWACHUNG VOM HALSE..."

"... UND GALOPPIERST OHNE ANZUHALTEN AUF DEN BERGKAMM ZU, DEN DU IN DER FERNE SIEHST."

"DU WIRST DIE JAGDHÖRNER HÖREN, DIE ZU DEINER VERFOLGUNG AUFRUFEN, DOCH DU WIRST DICH NICHT UMDREHEN."

"WENN DU DEN PASS ERST EINMAL ÜBERWUNDEN HAST, WERDEN SIE DIR NICHT MEHR NACHSETZEN, DENN SIE KÖNNEN DAS GEBIET DES ANDEREN NICHT BETRETEN."

"SEI NUN AUF ALLE ARTEN VON ZAUBEREI GEFASST."

"VERTRAUE DEINEM BRUDER, SELBST WENN ER SICH VERÄNDERT."

"DAS SIND NUR SINNESTÄUSCHUNGEN... DUNKLE MAGIE DES FEINDES, UM DIR ANGST EINZUJAGEN, DAMIT DU VON SEINER BEUTE ABLÄSST."

58

"BÄNDIGE DEINE FURCHT... SEI TAPFER!"

"WENN DU DIE GARSTIGEN QUELLEN ERREICHT HAST... STÜRZE DICH IN IHR TRÜBES WASSER."

GOD SPEED YE!

"UMKLAMMERE DEINEN BRUDER, EGAL WELCHES AUSSEHEN ER AUCH HABEN MAG. LASS IHN AUF GAR KEINEN FALL LOS!"

SCRUBBY!

PETER!

HALT DICH FEST!

"AM HIMMEL WIRST DU SEHEN, DASS DIE VEREINTEN MONDE SICH WIEDER TRENNEN UND LANGSAM VONEINANDER FORTBEWEGEN... DIE HORIZONTE WERDEN ABERMALS AUSEINANDERGEHEN UND DIE MAUERN WERDEN IHREN PLATZ ERNEUT EINNEHMEN."

"DOCH BEVOR DIE TORE SICH WIEDER SCHLIESSEN WERDEN..."

"... BEVOR DIE ASRAINACHT NUR NOCH EIN TRAUM SEIN WIRD..."

"... WIRD ER DA SEIN!"

59

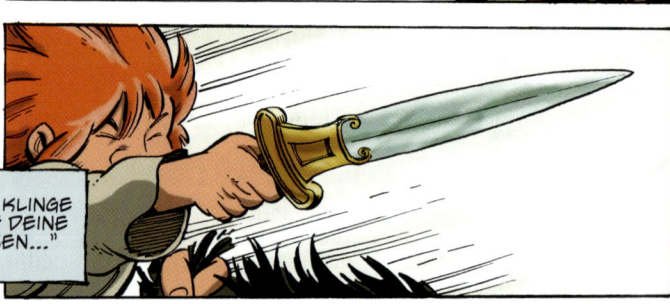

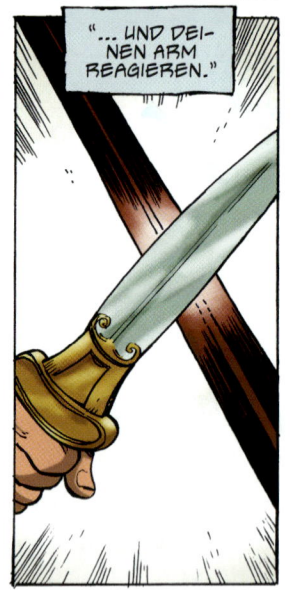

"DAS OPFER GIBT SICH PREIS... UND DU, MISSGEBURT, WIRST AUF EWIG IM VORHIMMEL HERUMIRREN."

"DU MUSST DICH NUR AUF DEIN SCHWERT VERLASSEN..."

"DESSEN KLINGE WIRD AUF DEINE GEDANKEN..."

"... UND DEINEN ARM REAGIEREN."

"... SEI TAPFER!"

"DU HAST EINE CHANCE!..."

ELENDER!

ALLES IST GUT...

... UNSERE GRENZEN SIND MOMENTAN NICHT MEHR BEDROHT.

ALLES IST WIEDER AN SEINEM PLATZ!

DU KANNST ZU DEN DEINIGEN ZURÜCK... GEH JETZT...

FÜR UNS IST ES ZEIT, WIEDER UNSICHTBAR ZU WERDEN.

ALL DIES GESCHAH, ALS SICH VOR "LANGER ZEIT" DIE LEGENDEN FÜR DIE EWIGKEIT BILDETEN.

ENDE